TEXTE : GILBERT DELAHAYE
IMAGES : MARCEL MARLIER

martine
va déménager

casterman

— Les enfants,
il va falloir
déménager.
— Déménager!...
Pourquoi ?...
— Parce que
la maison est
à vendre.
— On était bien ici.
C'est la maison
de notre enfance.

— Où irons-nous? demande Martine avec appréhension.
— Justement j'ai lu cette annonce dans le journal :
"A louer appartement confortable
pour ménage avec deux enfants", dit papa.
— Alors on ne pourra plus jouer avec François
dans le jardin, construire une cabane, grimper
dans le cerisier!
— Maman et moi, on a cherché partout.
On n'a rien trouvé dans les environs.
Il faudra bien se décider à s'installer
en ville.
Je serai plus près de mon travail.
— Et puis, ajoute maman, ce sera
plus facile pour aller à l'école.

— Un appartement ! s'inquiète Martine... Que vont devenir Patapouf et Moustache ?... Si le concierge n'accepte pas les animaux, nous devrons nous en séparer !

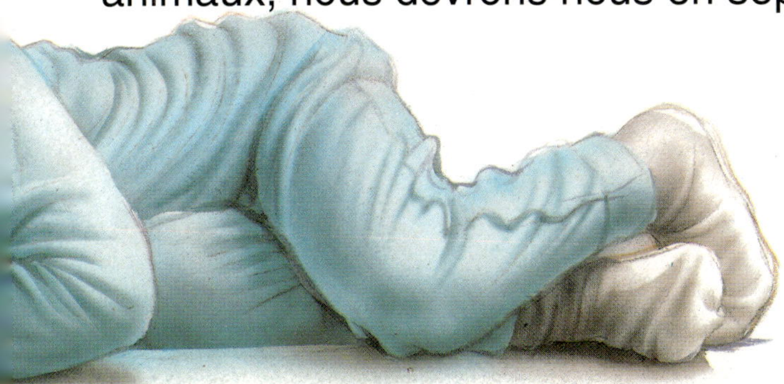

— Je serai sage, dit Patapouf. Je ne courrai pas dans les escaliers. Je n'aboierai pas la nuit.

— Moi, ajoute Moustache, je me ferai tout petit.

— C'est l'heure de dîner. A table, les enfants, à table!...
Martine songe: déménager, cela veut dire changer de quartier, quitter les voisins, les amis de l'école.
— Eh bien! Martine, tu ne manges pas?...
Es-tu malade?...

— Je vois. C'est ce déménagement qui te tracasse. Rassure-toi. Tout se passera très bien. Nous garderons Patapouf et Moustache. Et puis, tu te feras de nouveaux amis. Demain, nous irons visiter ensemble cet appartement.

On a pris rendez-vous avec le propriétaire de l'appartement. Pendant que papa et maman discutent avec lui, Martine, Jean et Patapouf sont allés jeter un coup d'œil sur le balcon...

— Que c'est haut ! On découvre toute la ville.

— J'ai le vertige, dit Patapouf. Pas vous ?

— Là-bas, derrière la colline, se trouve notre maison. On ne l'aperçoit pas. C'est trop loin... Après tout, c'est chouette ici, la vue est agréable. Je me plairai dans cet appartement.

— Espérons que papa et le propriétaire se mettront d'accord et que nous pourrons emménager bientôt.

Papa a reçu les clefs de l'appartement.
— Chic ! On va pouvoir emménager !
— Pas tout de suite, répond papa. Il faut d'abord rafraîchir la peinture et tapisser...
François est venu aider ses amis.
— Que faites-vous avec cette règle ? dit Patapouf.
— Ce n'est pas une règle. C'est un mètre pliant. Nous mesurons la longueur du mur.
— Pourquoi ?
— Pour savoir si les meubles entreront dans la pièce.

— Je vais téléphoner chez le plombier, dit papa. Il faut réparer tout de suite cette fuite à la salle de bains.

Le plombier est de mauvaise humeur parce que le robinet de la baignoire refuse de se dévisser.

— Wouf ! Bonjour, le plombier. A quoi sert cet outil ?

— C'est pour démonter le robinet.

— Démonter le robinet ? Mon maître ne sera pas content !

— Ce chien, qu'est-ce qu'il est casse-pieds !

Le plombier a laissé la porte ouverte. Patapouf en a profité pour filer dans l'ascenseur.
— Il est gourmand, ce petit chien. Un chien perdu sans doute ?
— Il a peut-être faim ?... Ta crème glacée, attention, Dimitri !...
— Je vais regarder dans mon sac si je ne trouve pas un morceau de sucre.

L'ascenseur s'arrête.
On entend de la musique.
— D'où cela vient-il ?
Allons voir, se dit Patapouf en dressant l'oreille.
C'est le musicien du cinquième qui joue de la flûte.
— Entre, le chien, tu ne me déranges pas.
— Va te coucher !... Va te coucher ! dit le perroquet sur son perchoir.

On est allé choisir un lustre pour la salle de séjour.
— Celui-là est chouette. On dirait un ballon de foot, dit François, le copain de Martine.
— Ce lustre vénitien conviendrait bien, non ?
— Beaucoup trop cher, dit papa.
L'électricien est un ami de la famille :
— Mais non. Une rosace est fêlée. Cela ne se voit presque pas. Je vous ferai une réduction.

On suspend le lustre dans le living
avec précaution :
— Passe-moi la rosace, Martine, veux-tu...
On sonne à la porte.
Qui cela peut-il bien être ?
On n'attend personne.
C'est un coureur cycliste :
— Il est à vous, ce chien ?...
Je l'ai aperçu dans le garage en allant
déposer ma bicyclette.
— Il avait disparu sans qu'on s'en aperçoive,
dit Martine. Il est tellement curieux !
Vous savez, ici tout est nouveau pour lui.

L'appartement est prêt. Reste à prévoir le déménagement.
Un vrai casse-tête !
— Par où commencer ? dit maman.
Voulez-vous m'aider ?

— Oui, oui... Qu'est-ce qu'on peut faire ?
— Eh bien, videz le buffet.
— Ensuite, vous emballerez la vaisselle...
Voici de la paille, des journaux, des boîtes en carton. Vous mettrez tout cela dans les caisses.
— Attention ! C'est fragile !
— Que fait donc là cet oiseau ?
se dit Moustache.

Boum!... crac...
Moustache vient de faire tomber le flacon de parfum auquel maman tenait beaucoup.
On ramasse les morceaux.
— Moi, je file,
se dit Moustache.
Et hop! (ni vu, ni connu) il se cache dans un tiroir.

Maman détache les rideaux.
— Pourront-ils encore servir dans l'appartement?
— Sûrement non!
Ils seront trop courts.
Je les donnerai à tante Elisa.

— Voulez-vous ranger toutes ces photos, les enfants?
— Où faut-il les mettre?
— Vous les classerez plus tard.
Maintenant on n'a pas le temps.

La maison est sens
dessus dessous.
Plus rien n'est à sa place.
On ne sait plus
où donner de la tête...

— Au secours!... Ce tableau est trop lourd.
— Lève-le plus haut, François. Je n'arrive pas à décrocher la ficelle!

— Comment déplacer ce tapis?
Il est tellement encombrant!
— Si on le mettait debout?
Ce serait plus facile. Essayons.
— Non, pas comme ça.
— Attendez, les enfants!
Papa fera cela avec vous.

Le cœur de Martine se met à battre très fort.
Aujourd'hui, elle quitte l'école du quartier pour toujours.
— Au revoir, Martine,
où vas-tu habiter maintenant ?
— A Villers-les-Collines.
Il y-a une école tout près de notre appartement.
— Nous espérons que tu viendras nous dire
un petit bonjour de temps en temps ?
demandent ses amies.
— Oui, bien sûr, je viendrai.
— Pourquoi tu nous quittes ?
dit Michou, la petite copine de Martine.
Je ne te verrai plus jamais ?
— Mais si, mais si. Je ne t'oublierai pas.
C'est promis.

Le jour du déménagement est arrivé.
Papa et maman sont sur les dents.
Martine, Jean, François courent dans tous les sens.
Les déménageurs chargent le piano.
C'est une manœuvre délicate.
— Attention ! les enfants.
Ne restez pas sous l'élévateur,
c'est dangereux.
— On ne pourra jamais tout emporter !
— Si, bien sûr... Vous allez voir.

Tous les meubles sont entrés dans le camion.
Un seul voyage suffira. Qui l'aurait cru ?
On arrive dans la nouvelle résidence de Martine.
Les déménageurs déchargent le mobilier avec l'élévateur.
— Il paraît qu'ils peuvent aller avec ça jusqu'au dernier étage.
Des enfants se rassemblent sur le trottoir.
— C'est toi la nouvelle du quatrième ?... Comment t'appelles-tu ?
— Martine... et toi ?
— Moi, c'est Dimitri. J'habite au cinquième. Mon grand frère est musicien.
— Mon papa à moi est coureur cycliste. Mon chien, c'est Mexico.
— Le mien, Patapouf.

“Miaou!... Miaou!” Entendez-vous? On dirait le miaulement d’un chat.
— Chut!... je crois que cela vient de ce meuble, là.
— Zut! J’ai perdu la clé du tiroir.
On saisit un tournevis. On soulève la planche qui ferme le meuble.
— Moustache! Que fais-tu là-dedans? C’est qu’il avait disparu, le pauvre!

— Aujourd'hui, dit maman, je vais te conduire à ta nouvelle école. Je te présenterai à la directrice.
On entre dans la classe.
Martine est émue. Tous ces visages l'intimident.
Elle ne connaît personne. Elle ne sait pas où prendre place.
Qui sera sa voisine ?...
Cette fille avec des lunettes a l'air sympa.

— Silence ! les enfants, dit la maîtresse.
Je vous présente Martine, la nouvelle élève.
Elle s'installera à côté d'Agnès.

— Maintenant, au travail. Voici la rédaction du jour:
RACONTEZ L'HISTOIRE D'UN DEMENAGEMENT...
Et surtout, on ne copie pas sur son voisin!
Ce que Martine écrit?: "Hier, nous avons déménagé.
Toute la maison était en désordre.
Dans mon quartier, je me plaisais
beaucoup. Ici, ce n'est pas
la même chose. C'est bien
aussi, mais il faut faire de
nouvelles connaissances
et changer ses habitudes.
C'est une vie nouvelle
qui commence."

Imprimé en Belgique par Casterman, s.a., Tournai. Dépôt légal: octobre 1992; D. 1992/0053/153.
Déposé au Ministère de la Justice, Paris (loi n° 49.956 du 16 juillet 1949 sur les publications destinées à la jeunesse).